宋刊陶靖節先生詩注

[晋] 陶潜 撰　[宋] 湯漢 注

中國書店

圖書在版編目（CIP）數據

宋刊陶靖節先生詩注 /（晋）陶潛撰 ；（宋）湯漢注
. — 北京 ：中國書店，2021.5

（高士雅集叢書）

ISBN 978-7-5149-2755-9

Ⅰ. ①宋… Ⅱ. ①陶… ②湯… Ⅲ. ①古典詩歌－注釋－中國－東晋時代 Ⅳ. ①I222.737.2

中國版本圖書館CIP數據核字(2021)第026752號

宋刊陶靖節先生詩注

[晋] 陶潛　撰　　[宋] 湯漢　注

責任編輯：劉深

出版發行：中國書店

地　　址：北京市西城區琉璃廠東街115號

郵　　編：100050

印　　刷：藝堂印刷（天津）有限公司

開　　本：787毫米×1092毫米　1/16

版　　次：2021年5月第1版　2021年5月第1次印刷

印　　張：11.5

書　　號：ISBN 978-7-5149-2755-9

定　　價：75.00元

内容提要

《陶靖節先生詩注》，（晋）陶潜撰，（宋）湯漢注。宋淳祐元年（一二四一）湯漢刻本。（清）周春、顧自修、黄丕烈跋，孫延題簽。框高十九點五厘米，寬十三點八厘米。每半頁七行，行十五字，小字雙行同，白口，左右雙邊。

陶淵明（約三六五—四二七），晋宋之際的詩人，又名潜，字元亮，潯陽柴桑（今江西九江附近）人。晋太元十八年（三九三）任江州祭酒，隆安四年（四〇〇）至元興三年（四〇四）先後爲桓玄、劉裕、劉敬宣軍幕。義熙元年（四〇五）爲彭澤令，不願爲五斗米折腰，弃官隱居終老。陶淵明被稱爲『隱逸詩人』之宗。他的詩風平淡自然，富有理趣，『質而實綺，臒而實腴』，對後世産生了很大的影響。

湯漢（一二〇二—一二七二），字伯紀。饒州安仁（今江西余江）人。曾任國史實録院校勘，提舉福建常平等職，景定五年（一二六四）以秘閣修撰知福州、福建安撫使。咸淳五年（一二六九）爲顯文閣直學士、提舉玉龍萬壽宫兼象山書院山長。

《陶靖節先生詩注》是陶淵明詩最早的注本，馬端臨《文獻通考》經籍門著録，《四庫全書總目》未收。書前有淳祐元年（一二四一）湯漢序，知湯漢箋注陶詩是其早年所爲。湯漢有感于陶詩『精深高妙』，又間或『亂以廋詞』，深恐『千載之下，讀者不省爲何語』，故希望通過箋釋『以表暴其心事』。而刊印此書則在其晚年出守福州期間。此本寫刻精美，版式風貌頗具福建刻本特色；其刻工蔡慶、鄧生、吴清等，也曾于咸淳間在建寧刊刻《周易本義》《張子語録》，是《陶靖節先生詩注》咸淳年間刊刻于福建的確證。

此本遞藏源流曲折，頗具戲劇性，周、顧、黄之跋文言之甚詳。此本曾經明嘉靖書法家董宜陽和明末項禹揆（藏書家項元汴後人）之手。清乾隆年間爲鮑廷博收藏，但他不知湯漢爲何人。乾隆四十六年（一七八一）四月，他與吴騫（一字葵里）一起過訪另一藏書家周春，提到此書，周聽後連稱好書，并問在哪里，鮑説已賣給張燕昌了，周即從張處借觀，認爲『是書乃世間所稀有，宋刻之最精者也』。張顯然也不知道此書的好處，但見書面用的是宋朝金粟山藏經箋，疑心可能是部好書，所以急于要回去。周要他出讓，張不肯，友人張載華從中調停，仍僵持不下。周春以書畫、銅瓷端硯交换，張燕昌皆不答應。此時正值張燕昌需用古墨，周春遂用重達一斤的明朝葉玄卿的『夢筆生花』大墨與他交換。周春得了此書『不勝狂喜，手自補綴，亟命工重加裝釘，分爲兩册，完好如新』。把它和一部宋版禮書放在一起，將書齋命名爲『禮陶齋』，秘不示人，并打算用此書殉葬。跋其書曰：『是書乃世間所稀有，宋刻之最精者也。流傳日久，紙墨未渝。』又説：『此本大字端楷，作歐陽率更體，頗便老眼。且校讎亦鮮「形夭」「庚鈞」之訛。裝竟復閲數過，誠可寶愛。』後來鮑廷博也意識到湯注陶詩的價值，多方覓購，乾隆五十一年（一七八六）始得一抄本，張燕昌便慫恿吴騫重行開雕，『共懺悔覿面失宋刻』。

有趣的是，周春以要賴的手段得書（先把書壓在手裏再講價），最終也因缺乏警惕的一句狂言而與書痛别。嘉慶十三年（一八〇八）湯注陶詩落入書賈吴東白手中。『吴賈（吴東白）往購此書，懷數十番而去。周初不知，但與論直。周索卅二番云：身邊立有，决少悔言。吴即如數與之，竟不能反。去書之日，泣下數行。』周春的禮書先賣去，齋名改爲『寶陶室』；陶集被買走之後，齋名再改爲『夢陶室』。周春幾易齋名，灑泪别書，他對陶詩的這片癡情，讓黄丕烈也頗爲動容。

嘉慶十四年（一八〇九），黄丕烈重金購得此書，因之前黄丕烈已得另一陶集——汲古閣舊藏宋刻遞修本《陶淵明集》，故名其居曰『陶陶室』。

此書又經汪士鐘藝芸書舍、楊氏海源閣收藏，最後歸周叔弢先生。一九五二年捐贈北京圖書館（今中國國家圖書館）。

書末有墨筆書『陶陶室藏靖節集第二本』。鈐『秀石』『景仁』『董宜陽』『向禹揆印』『周春』『松靄藏書』『黄丕烈』『士禮居』『陶南布衣』『陶陶室』『汪印士鐘』『閬源真賞』『楊紹和讀過』『宋存書室』『周暹』等印。

中國國家圖書館 李堅

二〇一九年八月二十日

目録

陶靖節先生詩卷第二　

陶靖節先生詩卷第三

湯文清公事實詳見宋史儒林傳靖節詩注四卷惟馬氏通考經籍門著於錄是書乃世間所希有宋刻之最精者也流傳日久紙墨敝渝偶從友人處得之不勝狂喜手自補綴亟命工重加裝釘分為兩冊完好如新余家舊藏有東澗選本妙絕古今此更出其上矣

乾隆辛丑長至後三日內樂村農周春記

卷尾有董宜陽印宜陽字子元自號紫岡山樵華亭人上海諸生工詩文善書法與何良俊徐獻忠張之象才名相亞有四賢之目　松靄又書

述酒詩為晉恭帝而作其説略本韓子蒼而芊勝諸梁黄山谷亦嘗解之非創於東澗也特此注加詳耳零陵王以九月終與詩所云秋草雖未黄融風久已分者正合靖節時當禪代雖同五世相韓之義但不敢直言而借廋辭以抒忠憤向非諸公表微闡幽烏能白其未白之志哉　朱子謂荊軻一篇平淡中露出豪放本相須知其豪放從忠義來與述酒同一心事　陶集祭程氏妹文書義熙三年祭從弟敬遠文惟云癸亥自祭文惟云丁卯此與宋書本傳之説相合但指所著文章而言若詩則不然大約晉時書甲子如庚子至丙辰是也入宋不書甲子如九日閑居之類是也自來辨此

者都未明晰　鄭康成誡子益恩書末云若忽忘不識亦已焉哉此命子詩末二句所本也陶詩雖平淡而無一字無出處如此　陶公晉書宋書南史並有傳一人而三史列傳千古止此一人〻豈以壽位重耶晉書作泉明南史作深明並避唐諱　東坡愛陶詩質而綺癯而腴晚年居海外遍和其韻子由為之引稱其遂與淵明比也玉譔庵律陶不足觀矣　此本大字端楷作歐陽率更體頗便老眼且校讎亦鮮形天庚釣之訛裝後覆閱數過誠可寶愛　松靄

陶公詩精深高妙測之愈
遠不可淺觀也不事異代
之節与子房五世相韓之
義同既不為狙擊震動之
舉又時無漢祖者可託以

行其志坎每寄情於首陽
易水之間又以荆軻繼二
踈三良而發詠所謂撫己
有深懷履運增慨於讀之
亦可以深悲其志也已乎

生危行孫言至述酒之作
始直吐忠憤然猶亂以廋
詞千載之下讀者不省為
何語是此翁所深致意者
迨不得白於後世尤可以

使人揭拓而果邪也余偶
竊見其帖因加箋釋以表
暴其心事及他篇有可發
明者亦併著之文字不多
乃令繕寫摸傳與好古通

徼之士共商野鳥又按詩
中之本志少說圖窮為夫
惟君於飢寒之春而獨孤
存節義之閑西山之所以
有餓夫也世士貪榮祿事

豪傑而高談名義自方於古之人余未之信也淳祐初元九月九日鄱陽湯漢敬書

陶靖節先生詩卷第一

停雲一首 并序

停雲思親友也罇湛新醪園列初榮願言不從歎息彌襟

靄靄停雲濛濛時雨八表同昏平路伊阻靜寄東軒春醪獨撫良朋悠邈搔首延佇停雲靄靄時雨濛濛八表同昏平

陸成江（二句蓋寓[illegible]回霧塞陵遷谷變之意）有酒有酒閑

飲東牕願言懷人舟車靡從東園之樹

枝條載榮競用新好以招余情（謂相招以事新）

朝人亦有言日月于征安得促席說彼

平生翩翩飛鳥息我庭柯斂翮閑止好

聲相和豈無他人念子寔多願言不獲

抱恨如何

右四章章八句

時運一首并序

時運游暮春也春服既成景物斯和偶景獨遊欣慨交心

邁邁時運穆穆良朝襲我春服薄言東郊山滌餘靄宇曖微霄一作餘靄微消有風自南翼彼新苗洋洋平津一作澤乃漱乃濯邈邈遐景載欣載矚稱心而言人亦易

足揮茲一觴陶然自樂延目中流悠悠（一作悠想）清沂童冠齊業閑詠以歸我愛其靜（靜之為言謂其無外慕也靜亦庶乎知浴沂者之心矣）寤寐交揮但悵（一作恨）殊世邈不可追斯晨斯夕言息其廬花藥分列林竹翳如清琴橫床濁酒半壺黃唐莫逮慨獨在余

右四章章四句

榮木一首并序

榮木念將老也日月推遷已復有一作九
夏總一作髮角聞道白首無成
采采榮木結根于茲晨耀其華夕已喪
之人生若寄顦顇有時靜言孔念中心
悵而采采榮木于茲託根繁華朝起慨
暮不存貞脆由人禍福無門匪道曷依
匪善奚敦屈子之九章曰善不由外來兮名不可以虛作孰無施而

有報兮孰不實而有穫與此四語皆文辭中之格言也嗟余一作予小子禀茲固陋徂年既流業不增舊志彼不舍安此日富或曰志當作忘荀子功在不舍詩一醉日富蓋自咎其廢學而樂飲爾我之懷矣怛焉内疚先師遺訓余豈云墜四十無聞斯不足畏脂我名車策我名驥千里雖遙孰敢不至老而好學詞氣壯烈如此可謂有勇矣

右四章章句

贈長沙公族祖一首 并序

長沙公於余爲族一作余於長沙公爲族一無公字祖同出大司馬昭穆既遠以一作已爲路人經過潯陽臨別贈此

同源分流人易世疎慨然一作矣寤歎念兹厥初禮服遂悠歲月眇徂一作歲往月徂感彼行路眷然躊躇於穆令族允構斯堂

諧氣冬暉映懷圭璋爰采春花（一作華）載警秋霜我曰欽哉寔宗之光伊余云遘在長忘（一作志）同笑言未久逝爲西東遙想湘渚（一作遙遙三湘）滔滔九江山川阻遠行李時通何以寫心貽茲話言進簣雖微終在（一作焉）爲山敬哉離人臨路淒然款襟或遼音問其先

酬丁柴桑一首

有客有客，爰來爰（一作官）止，秉直司聰，于惠百里。飡勝如歸，矜（一作聆）善若始，匪惟諧也，屢有良由（一作游）。載言載眺，以寫我憂，放歡一遇，既醉還休。寔欣心期，方從我游。

荅龐參軍一首 并序

龐爲衛軍參軍從江陵使上都過潯陽見贈

衡門之下有琴有書載彈載詠爰得我娛豈無他好樂是幽居朝爲灌園夕偃蓬廬人之所寶尚或未（一作非）珍不有同愛（一作好）云胡以親我求良友寔覯懷人歡心孔洽棟宇惟鄰伊予懷人欣德孜

孜我有旨酒與汝樂之乃陳好言乃著新詩一日不見如何不一作兆思嘉游未斁誓將離分送爾于路銜觴無欣依依舊楚藐藐一作邈西雲之子之遠良話曷聞昔我云別倉庚載鳴今也遇之霰雪飄零大藩有命作使上京豈忘宴安王事靡寧慘慘寒日肅肅其風翩彼方舟

容裔江中勗哉征人在始思終敬茲良
辰以保爾躬

勸農一首

悠悠上古厥初生民傲然自足抱朴含
眞智巧既一作未萌資待靡因誰其贍之
實賴哲人哲人伊何時惟后稷贍之伊
何實曰播植舜既躬耕禹亦稼穡遠若

周典八政始食熙熙令德猗猗原陸丼
木繁榮和風清穆紛紛士女趨時競逐
桑婦宵興農夫野宿氣節易過和澤難
久冀缺攜儷沮溺結耦相彼賢達猶勤
壟畝矧伊衆庶曳裾拱手民生在勤勤
則不匱宴安自逸歲暮奚冀儋石不一作弗
儲飢寒交至顧余一作爾儔列能不懷

愧孔耽道德樊須是鄙董樂琴書田園

一作園井弗履若能超然接迹高軌敢不斂

衽敬讚德美

命子一首

悠悠我祖爰自陶唐邈為虞賓歷世一作

歷世重光御龍勤夏豕韋翼商穆穆司徒

厥族以昌春秋傳分康叔以殷民七族陶氏施氏云云陶叔授民命

以康誥杜注陶叔司徒紛紜一作紛紛戰國漠漠衰周

鳳隱于林幽人在丘逸虬遶雲奔鯨駭

流天集有漢眷于愍侯陶舍於赫愍侯運

當攀龍撫劒風邁顯茲武功書一作參誓

河山啓土開封亹亹丞相陶青允迪前蹤

渾渾長源蔚蔚洪柯羣川載導衆條載

羅時有語默運因隆窊一作窳在我中晉

業融長沙栢栢長沙伊勳伊德天子疇
我專征南國功遂辭歸臨寵不忒孰謂
斯心而近可得（言長沙公心期之高遠也）肅矣我祖
慎終如始直方二（一作三）臺惠和千里於
穆（一作皇）仁考淡焉虛止寄跡風雲寘（一作
冥）玆慍喜嗟余寡陋瞻望弗及顧慚華
鬢負影隻立三千之罪無後其急我誠

念哉呱聞爾泣下云嘉日占亦良時名
汝曰儼字汝求思温恭朝夕念茲在茲
尚想孔伋庶其企而孔伋因求思而言韋玄成詩誰謂華
高企其齊而誰謂德難厲其庶而厲夜生子遽而求火
凡百有心奚特于一作於我既見其生實
欲其可人亦有言斯情無假日居月諸
漸免于孩禍不虛至禍亦易來夙興夜

寮顧爾斯才爾之不才亦已焉哉

歸鳥一首

翼翼歸鳥晨去于林遠之八表近憩雲岑和風弗洽翻翮求心（託言歸而求志意下文豈思天路同）顧儔相鳴景庇清陰翼翼歸鳥載翔載飛雖不懷游見林情依遇雲頡頏相鳴而歸遐路誠悠性愛無遺翼翼歸鳥

馴一作相林徘徊豈思天路欣反一作及舊
棲雖無昔侶衆聲每諧日夕氣清悠然
其懷翼翼歸鳥戢羽寒一作搴條游不曠
林宿則一作不森標晨風清興好音時交
矰繳奚功一作施卷巳一作巳卷安勞一作旦暮道遥

右四章章八句

陶靖節先生詩卷第一

陶靖節先生詩卷第二

形影神 并序

貴賤賢愚莫不營營以惜生斯甚惑焉
故極陳形影之苦言神辨自然以釋之
好事君子共取其心焉

形贈影一首

天地長不沒山川無改時草木得常理

霜露榮一作憔悴之謂人最靈智獨復不如茲適見在世中奄去靡歸期奚覺無一人親識豈相思但餘平生物舉目情悽洏我無騰化術必爾不復疑願君取吾言得酒莫苟辭

影荅形一首

存生不可言衛生每苦拙誠願游崑華

邈然兹道絶與子相遇來未嘗異悲悅憩蔭一作陰若暫乖止日終不別此同既難常黯爾俱時滅身沒名亦盡念之五情熱立善有遺愛胡可不自竭酒云能消憂方此詎不劣

神釋一首

大鈞無私力萬理一作物自森著人爲三

才中豈不以我故與君雖異物生而相依附結託善惡（一作既喜）同安得不相語（一作與）三皇大聖人今復在何處彭祖壽（一作愛）永年欲留不得住老少同一死賢愚無復數日醉或能忘將非促齡具立善常所欣誰當爲汝譽（日醉釋前篇立善釋後篇也）甚念傷吾生正宜委運去縱浪大化中不

喜亦不懼應盡便須盡無復獨多慮

九日閑居一首 并序

余閑居愛重九之名秋菊盈園而持醪靡由一作時醪靡至空服九華寄懷於言

世短意恒多班幽通賦道悠長而世短斯人樂久生
日月依辰至舉俗愛其名露凄暄風息
氣澈天象明往鷰無遺影來鴈有餘聲

酒能祛百慮菊爲制頹齡如何蓬廬士空視時運傾空視時運傾亦指易代之事塵爵恥虛罍寒華徒自榮斂襟獨閒謠緬焉起深情棲遲固多娛淹留豈無成淹留無成騷人語也今反之謂不得於彼則得於此矣後棲遲詎爲拙亦同

歸園田居六首

少無適俗韻性本愛丘山誤落塵網中

一去三十年羇鳥戀舊林池魚思故淵開荒南野際守拙歸園田方宅十餘畝草屋（一作舍）八九間榆柳蔭後園（一作簷）桃李羅堂前曖曖遠人村依依墟里煙狗吠深巷中鷄鳴桑樹巔戶庭無塵雜虛室有餘閑久在樊籠裏復得返自然

野外罕人事窮巷寡輪鞅白日掩荊扉

虛室絕塵想時復墟曲中披草共來往
相見無雜言但道桑麻長桑麻日已長
我土日已廣常恐霜霰至零落同草莽
種豆南山下草盛豆苗稀晨興一作侵晨理
荒穢帶作戴月荷鋤歸道狹草木長夕
露沾我衣衣沾不足惜但使願無違東坡云以夕露沾衣之故而違其所願者多矣

久去山澤游浪莽林野娛試携子姪輩
披榛步荒墟徘徊丘壠閒依依昔人居
井竈有遺處桑竹殘朽株借問採薪者
此人皆焉如薪者向我言死没無復餘
一世異朝市此語真不虛人生似幻化
終當歸空無
悵恨獨策還崎嶇歷榛曲山澗清且淺

遇以濯吾足漉我新熟酒隻鷄招近局日入室中闇荆薪代明燭歡來苦夕短已復至天旭

游斜川一首（并序）

辛丑（一作酉）正月五日天氣澄和（一作穆）風物閑美與二三隣曲同遊斜川臨長流望曾（一作層下同）城魴鯉躍鱗於將夕水鷗

乘和以翻飛彼南阜者名實舊矣不復乃爲嗟歎若夫曾城傍無依接獨秀中阜遥想靈山有愛嘉名天問崑崙縣圃其凥安在增城九重其高幾里淮南子崑崙中有增城九重注云中有五城十二樓故云靈山嘉名也欣對不足率爾[illegible]本其賦詩悲日月之遂往悼吾年之不留各疏年紀鄉里以記其時日

開歲倏五日一作十吾生行歸休念之動中懷及辰爲茲游氣和天惟澄班坐依遠流弱湍馳文魴閑谷矯鳴鷗迥澤散游目緬然睇曾丘雖微九重秀九重注見上顧瞻無匹儔提壺接賓侶引滿更獻酬未知從今去當復如此不中觴縱遙情忘彼千載憂且極今朝樂明日非所求

示周掾祖謝一首一作示周續之祖企謝景夷三郎時三人比講禮校書

負痾頹簷下終日無一欣藥石有時閑念我意中人相去不尋常道路邈何因周生述孔業祖謝響然臻薦彌表羣士響臻道喪向千載今朝復斯聞馬隊非講肆校書亦已勤老夫有所愛思與爾爲鄰願

言誨諸子從我潁水濱

乞食一首

飢來驅我去（一作出）不知竟何之行行至斯里叩門拙言辭主人諧余意遺贈豈虛來談諧（一作語）終日夕觴至輒傾杯情欣新知勸（一作歡）言詠（一作與言）遂賦詩感子漂母惠愧我非韓才銜戢知何謝冥報

以相貽

諸人共游周家墓栢下一首

今日天氣佳清吹與鳴彈感彼栢下人安得不爲歡清歌散新聲緑酒開芳顔未知明日事余襟良巳殫

怨詩楚調示龐主簿鄧治中一首

天道幽且遠鬼神茫昧然結髪念善事
僶俛六九（一作五十）年弱冠逢世阻始室喪
其偏炎火屢焚如螟蜮恣中田風雨縱
横至收歛不盈廛夏日長抱飢寒夜無
被眠造夕思雞鳴及晨願烏遷在己何
怨天離憂悽目前吁嗟身後名扵我若
浮煙慷慨獨悲歌鍾期信爲賢

荅龐參軍一首 并序

三復來貺，欲罷不能。自爾鄰曲，冬春再交，欵然良對，忽成舊游。俗諺（一作談）云：數面成親舊（武無舊字），況（一本有其字）情過此者乎？人事好乖，便當語離。楊公（一作翁）所歎，豈惟常悲。吾抱疾多年，不復爲（一作屬）文，本既不豐，復老病繼之。輙依周孔（一作禮）往

復之義且爲别後相思之資
相知何必舊（一作早）傾蓋定前言有客賞
我趣每每顧林園談諧無俗調所説聖
人篇或有數斗（一作斛）酒閑飲自歡然我
實幽居士無復東西緣物新人唯舊弱
毫多所宜情通萬里外形跡滯江山君
其愛體素（曹子建詩王其愛玉體）來會在何年

五月旦作和戴主簿一首

虛舟縱逸棹回復遂無窮發歲始一作若俛仰星紀奄將中南窻罕悴物北林榮且豐神淵寫時雨晨色奏景風既來孰不去人理固有終居常待其盡曲肱豈傷冲遷化或夷險肆志無窊隆即事如以一作已高何必升華嵩

連雨獨飲一首 一作連雨人絕獨飲

運生會歸盡終古謂之然世間有松喬
於今定何閒故老贈余酒乃言飲得仙
試酌百情遠重觴忽忘天天豈去此哉
任真無所先雲鶴有奇翼八表須臾還
自我抱茲獨僶俛四十年形骸久已化
心在復何言

移居二首

昔欲居南村非爲卜其宅聞多素心人樂與數晨夕懷此頗有年今日從茲役弊廬何必廣取足蔽牀席鄰曲時時來抗言談在昔奇文共欣賞（奇文見王褒傳）疑義相與析

春秋多佳日登高賦新詩過門更相呼

有酒斟酌之農務各自歸閑暇輒相思相思則披衣言笑無厭時此理將不勝無爲忽去茲言此樂不可勝無爲舍而去之也韓子亦云樂之終身不厭何暇外慕衣食當須紀一作幾力耕不吾欺

和劉柴桑一首

山澤久見招胡事乃躊躇直爲親舊故

未忍言索居良辰入奇懷挈杖還西廬
荒塗無歸人時時見廢墟茅茨已就治
新疇復應畬谷風轉淒薄春醪解飢劬
弱女雖非男慰情良勝無栖栖世中事
歲月共相疎耕織稱其用過此奚所須
去去百年外身名同翳如

酬劉柴桑一首

窮居寡人用時忘四運周櫚庭多落葉
慨然知已秋新葵鬱北墉嘉穟養南疇
今我不爲樂知有來歲不命室携童弱
良日登遠游

和郭主簿二首

藹藹堂前林中夏貯清陰凱風因時來
回飆開我襟息交游閑業卧起弄書琴

蘇武傳卧起撫持園蔬有餘滋舊穀猶儲今嘗己良有極過足非所欽舂秫作美酒酒熟吾自斟弱子戲我側學語未成音此事真復樂聊用忘華簪遥遥望白雲懷古一何深

和澤周三春華華涼秋節露凝無游氛天高風景澈陵岑聳逸峯遥瞻皆奇絕

芳菊開林耀青松冠巖列懷此貞秀姿
卓爲霜下傑銜觴念幽人千載撫爾訣
檢素不獲展厭厭竟良月

於王撫軍座送客

冬日凄且厲百卉具已腓爰以履霜節
登高餞將歸寒氣冒山澤游雲倏無依
洲渚思綿一作四緬邈風水互乖違瞻夕欲

一作欣良讌離言聿云悲晨鳥暮來還懸

車斂餘暉淮南子曰至悲泉是謂懸車遊一作逝止判

殊路旋駕悵遲遲目送回舟遠一作往情

隨萬化遺

與殷晉安別一首并序

殷先作晉安南府長史掾因居潯陽後

作太尉參軍太尉劉裕移家東下作此以贈

游好非久長一遇盡殷勤信宿詶清話
益復知爲親去歲家南里薄作少時鄰
負杖肆游從淹留忘宵晨語默自殊勢
亦知當乖分未謂事已及興言在茲春
飄飄西來風悠悠東去雲山川千里外
言笑難爲因良才一作才華不隱世江湖多
賤貧脫有經過便念來存故人

贈羊長史一首 并序

左軍羊長史銜使秦川作此與之 羊名松齡

愚生三季後慨然念黄虞得知千載外

上一作上政一作賴古人書賢聖留餘跡事

事在中都豈忘游心目關河不可踰九

域甫已一逝將理舟輿聞君當先邁負

痾不獲俱路若經商山爲我少躊躇多

謝綺與角精爽今何如天下分裂而中州賢聖之迹不可得而見今九土既一則五帝之所連三王之所爭宜當首訪而獨多謝於商山之人何哉蓋南北雖合而世代將易但當與綺角遊耳遠矣深哉紫芝誰復採深谷久應蕪駟馬無貰患貧賤有交娛清謠結心曲人乘運見踈擁懷累代下言盡意不舒

歲暮和張常侍一首

市朝悽舊人驟驥感悲泉悲泉見前驟驥言白駒之過隙也明旦非今日歲暮余何言素顏斂光潤白髮一已繁闊哉秦穆談旅力豈未愆向夕長風起寒雲没西山厲厲氣遂嚴紛紛飛鳥還民生鮮常在矧伊愁苦纏屢闕清酤至無以樂當年窮通靡攸一作欣慮顛頹由化遷撫己有深懷履

運增慨然

和胡西曹示顧賊曹一首

蕤賓五月中清朝起南颸不駛亦不遲

飄飄吹我衣重雲蔽白日閑雨紛微微

流目視西園曄曄榮紫葵於今甚可愛

奈何當復衰（一作當奈行復衰）感物願及時每

恨靡所揮悠悠待秋稼寥落將賒遲逸

想不可淹猖狂獨長悲

悲從弟仲德一首

銜哀過舊宅悲淚應心零借問爲誰悲懷人在九冥禮服名羣從恩愛若同生門前執手時何意爾先傾在毀一作數竟不一作未免爲山不及成慈母沉哀疚二胤纔數齡雙泣一作位委空館朝夕無哭

聲流塵集空坐宿草旅一作依前庭階除
曠游跡園林獨餘情翳然乘化去終天
不復形遲遲將回步惻惻悲襟盈

陶靖節先生詩卷第二

東郡楊氏海源閣鑒藏

陶靖節先生詩卷第三

始作鎮軍參軍經曲阿一首

弱齡寄事外委懷在琴書被褐欣自得
屢空常晏如時來茍冥會婉孌憩通衢
投策命晨裝暫與園田踈眇眇孤舟逝
綿綿歸思紆我行豈不遥登陟千里餘
目倦川塗異心念山澤居望雲慙高鳥

臨水愧游魚眞想初在襟誰謂形蹟拘
聊且憑化遷終返班生廬班賦求幽貞之所廬

庚子歲五月中從都還阻風於

規林二首

行行循歸路計日望舊居一欣侍温顏
再喜見友于鼓棹路崎曲指景限西隅
江山豈不險歸子念前塗凱風負我心

戢枻守窮湖高莽眇無界夏木獨森踈誰言客舟遠近瞻百里餘延目識南嶺空歎將焉如

自古歎行役我今始知之山川一何曠巽坎艱與期崩浪聒天響長風無息時久游戀所生如何淹在茲靜念園林好人間良可辭當年詎有幾縱心復何疑

辛丑歲七月赴假還江陵夜行
塗中一首

閑居三十載遂與塵事冥詩書敦宿好
林園無俗情如何捨此去遙遙至南荆
叩枻新秋月臨流別友生涼風起將夕
夜景湛虛明昭昭天宇闊皛皛川上平
懷役不遑寐中宵尚孤征商歌非吾事

依依在耦耕投冠旋舊墟不爲好爵縈
養眞衡茅下庶以善自名

癸卯歲始春懷古田舍二首

在昔聞南畝當年竟未踐屢空旣有人
春興豈自免夙晨裝吾駕啓塗情已緬
鳥哢歡新節冷風送餘善寒竹一作草被
荒蹊地爲罕人遠是以植杖翁悠然不

復返即理愧通識所保詎乃淺
先師有遺訓憂道不憂貧瞻望邈難逮
轉欲患長勤秉耒歡時務解顏勸農人
平疇交遠風良苗亦懷新雖未量歲功
即事多所欣耕種有時息行者無問津
日入相與歸壺漿勞近隣長吟掩柴門
聊爲隴畝民

癸卯歲十二月中作與從弟敬遠一首

寢迹衡門下邈與世相絶顧盼莫誰知荊扉晝常閉（閉音必結反）淒淒歲暮風翳翳經日（一作夕）雪傾耳無希聲在目皓已結勁氣侵襟袖簞瓢謝屢設蕭索空宇中了無一可悦歷覽千載書時時見遺烈

高操非所攀深得固窮節平津苟不由
栖遲詎爲拙寄意一言外茲契誰能別

乙巳歲三月爲建威參軍使都
經錢溪一首

我不踐斯境歲月好已積晨夕看山川
事事悉如昔微雨洗高林清飈矯雲翮
眷彼品物存義風都未隔伊余一作余亦何

爲者勉勵從茲役一形似有制素襟不
可易園田日夢想安得久離析（一作拆）終
懷在歸（一作塋）舟諒哉宜（一作負）霜栢

還舊居一首

疇昔家上京六（一作十）載去還歸今日始
復來惻愴多所悲阡陌不移舊邑屋或
時非履歷周故居鄰老罕復遺步步尋

往迹本處特依依流幻百年中寒暑日
相推一作追常恐大化盡氣力不及衰撥
一作廢置且莫念一觴聊可揮

戊申歲六月中遇火一首

草廬寄窮巷甘以辭華軒正夏長風急
一作土林室頓燒燔一作宅無遺宇舫舟蔭
門前迢迢新秋夕亭亭月將圓果菜一作

藥始復生鸞鳥尚未還中宵竚遥念一盼周九天總髮㣲孤念奄出四十年形迹憑化往靈府長獨閑貞剛自有質玉石乃非堅仰想東户時餘糧宿中田鼓腹無所思朝起暮歸眠旣已不遇茲且遂灌我園

己酉歲九月九日一首

靡靡秋已夕淒淒風露交蔓草不復榮園木空自凋清氣澄餘滓杳然天界高哀蟬無歸響燕歸一作雀燕一作叢鴈鳴雲霄萬化相尋繹人生豈不勞從古皆有沒念之中一作令心焦何以稱我情濁酒且自陶千載非所知聊以永今朝

庚戌歲九月中於西田穫早稻

一首

人生歸有道衣食固其端孰是都不營

而以求自安開春理常業歲功聊可觀

晨出肆微勤日入負禾一作耒還山中饒

霜露風氣亦先寒田家豈不苦弗獲辭

此難四體誠乃一作已疲庶無異患干盥

濯息簷下斗酒散襟顏遙遙沮溺心千

載乃相關但願長如此躬耕非所歎

丙辰歲八月中於下潠田舍穫

一首

貧居依稼穡一作耕稼事戮力東林隈不言春作苦楊惲書田家作苦常恐負所懷司田眷有秋寄聲與我諧飢者歡初飽束帶候一作咲鳴雞揚檝越平湖汎隨清壑廻轡

鬱一作嶒嶒荒山裏猿聲閑且哀悲風愛靜夜林鳥喜晨開曰余作此來三四星火頹姿年逝已老其事未云乖遙謝荷篠翁聊得從君栖

飲酒二十首并序

余閑居寡歡兼比一作秋夜已長偶有名酒無夕不飲顧影獨盡忽焉復醉既醉

之後輒題數句自娛紙墨遂多辭無詮次聊命故人書之以爲歡笑爾

衰榮無定在彼此更共之邵生瓜田中寧似東陵時寒暑有代謝人道每如兹達人解其會逝將不復疑忽與一觴酒日夕歡相持

積善云有報夷叔在西山善惡苟不應

何事空立言九十行帶索飢寒況當年
不賴固窮節百世當誰傳
道喪向千載人人惜其情有酒不肯飲
但顧世間名所以貴我身豈不在一生
一生復能幾倏如流電驚鼎鼎百年內
持此欲何成
栖栖失羣鳥日暮猶獨飛裴回無定止

夜夜聲轉悲厲響思清遠去來何依依
因值孤生松斂翮遙來歸勁風無榮木
此蔭獨不衰託身已得所千載不相違
結廬在人境而無車馬喧問君何能爾
心遠地自偏採菊東籬下悠然見南山
山氣日夕嘉飛鳥相與還此中一作還有
真意欲辯已忘言

行止千萬端誰知非與是是非茍相形

雷同共譽毀三季多此事達士一作人似

不爾咄咄俗中惡且當從黃綺漢敘傳三季之後注不三代之末此篇言季世出處不齊士皆以乘時自奮為賢吾知從黃綺而已世俗之是非譽毀非所計也

秋菊有佳色裛露掇其英汎此忘憂物

遠我遺世情一觴雖獨進杯盡壺自傾

日入羣動息歸鳥趣林鳴嘯傲東軒下
聊復得此生
青松在東園衆草没其姿凝霜殄異類
卓然見高枝連林人不覺獨樹衆乃奇
提壺掛寒柯遠望時復爲吾生夢幻間
何事紲塵羈
清晨聞叩門倒裳顛衣倒裳木太玄往自開問

子爲誰與田父有好懷壺漿遠見候疑
我與時乖繼縷茅簷下未足爲高栖一
一作舉世皆尚同願君汩其泥深感父老
言稟氣寡所諧紆轡誠可學違己詎非
迷且共歡此飲吾駕不可回
在昔曾遠遊直至東海隅道路迥且長
風波阻中塗此行誰使然似爲飢所驅

傾身營一飽少許便有餘恐此非名計
息駕歸閑居
顏生稱爲仁榮公言有道屢空不獲年
長飢至于老雖留身後名一生亦枯槁
死去何所知稱心固爲好客養千金軀
臨化消其寶裸葬何必惡人當解其表
顏榮皆非希身後名者正以自遂其志
耳保千金之軀者亦終歸於盡則裸葬

亦未可非世或門前八句言名不足賴後四句言身不足惜淵明解處正在身名之外也

長公曾一仕壯節忽失時杜門不復出
終身與世辭仲理揚論歸大澤高風始在
茲一往便當已何爲復狐疑去去當奚
道世俗久相欺擺落悠悠談請從余所
之

有客常同止取捨邈異境一士長獨醉
一夫終年醒醒醉還相笑發言各不領
規規一何愚兀傲差若穎寄言酣中客
日沒燭當炳一作燭何炳○醒者與世討分曉而醉者頹然聽之而已淵明蓋沈冥之逃者故以醒為愚而以兀傲為穎耳
故人賞我趣挈壺相與至班荆坐松下
數斟已復醉父老雜亂言觴酌失行次

不覺知有我安知物爲貴悠悠（一作咄咄）迷

所留酒中有深味（一作固多味）

貧居乏人工灌木荒余宅（莊子予宅）班班有

翔鳥寂寂無行跡宇宙一何悠人生少

至百歲月相催逼鬢邊早已白若不委

窮達素抱深可惜

少年罕人事游好在六經行行向不惑

淹留自[一作遂]無成竟抱窮苦[一作固窮]節飢寒飽所更弊廬交悲風荒草沒前庭披褐守長夜晨鷄不肯鳴孟公不在茲終以翳吾情

幽蘭生前庭含薰待清風清風脫然至見别蕭艾中行行失故路任道或能通覺悟當念還鳥盡廢良弓[蘭薰非清風不能别賢者]

出處之致亦待知者知耳淵明在彭澤日有悵然慷慨深愧平生之語所謂失故路也惟其任道而不牽於俗故卒能回車復路云耳鳥盡弓藏蓋借昔人去國之語以喻己歸田之志

子雲性嗜酒家貧無由得時賴好事人載醪祛所惑觴來爲之盡是諮無不塞有時不肯言豈不在伐國仁者用其心何嘗失顯默此篇蓋託子雲以自況故以柳下惠事終之五柳先

生傳云性嗜酒家貧不能常得親舊或置酒招之造飲輒盡

疇昔苦長飢投耒去學仕將養不得節凍餒固故一作纏己是時向立年志意多所耻遂盡介然分終死歸田里冉冉星氣流亭亭復一紀彭澤之歸在義熙元年乙巳此云復一紀則賦此飲酒詩當是義熙十二三年間世路廓悠悠揚朱所以止雖無揮金事濁酒聊可恃

羲農去我久舉世少復眞汲汲魯中叟
彌縫使其淳鳳鳥雖不至禮樂暫得新
洙泗輟微響漂流逮狂秦詩書復何罪
一朝成灰塵區區諸老翁爲事誠殷勤諸老翁似謂漢初伏生諸人退之所謂羣儒區區修補者劉歆移太常書亦可見
如何絕世下六籍無一親終日馳車
走不見所問津不見所問津蓋自況於沮溺而歎世無孔子徒

也　若復不快飲空負頭上巾但恨多謬誤君當恕醉人

止酒一首

居止次城邑逍遥自閑止坐止高蔭下步止蓽門裏好味止園葵大懽止稚子平生不止酒止酒情無喜暮止不安寢晨止不能起日月欲止之營衛止不理

徒知止不樂未信止利己始覺止爲美
今朝眞止矣從此一止去將止扶桑涘
淸顏止宿容（一作客）奚止千萬祀

述酒一首

舊注儀狄造杜康潤色之宋本云此篇與題非本意諸本如此誤黃庭堅曰述酒一篇蓋闕此篇似是讀異書所作其中多不可解○按晉元熙二年六月劉裕廢恭帝爲零陵王明年以毒酒一罌授張偉使酖王偉自飮而卒繼又

令兵人踰垣進藥王不肯飲遂
掩殺之此詩所爲作故以述酒
名篇也詩辭盡隱語故觀者弗
省獨韓子蒼以山陽下國一語
疑是義熙後有感而賦予反覆
詳考而後知爲零陵哀詩也因
疏其可曉者以發此老未白之
忠憤昔蘇子讀述史九章曰去
之五百歲吾猶見其人也豈虛
言哉○儀狄杜康乃自注故爲
疑詞
耳

重離照南陸鳴鳥聲相聞秋草雖未黃

融風久已分素礫皛脩渚南嶽無餘雲司馬氏出重黎之後此言晉室南渡國雖未末而勢之分崩久矣至于今則典午之氣數遂盡也素礫未詳脩渚疑指江陵豫章抗高門重華固靈墳流淚抱中歎傾耳聽司晨義熙元年裕以匡復功封豫章郡公重華謂恭帝禪宋也裕既建國晉帝以天下讓而猶不免於弒此所以流淚抱歎夜耿耿而達曙也又按義熙十二年丙辰裕始致封宋公其後以宋公受禪故詩言其舊封而無所嫌也神州獻

嘉粟西靈爲我馴義熙十四年鞏縣人獻嘉禾裕以獻帝帝以歸于裕西靈當作四靈裕受禪文有四靈效徵之語二句言裕假符瑞以奸大位也

諸梁董師旅羊一作芊勝喪其身沈諸梁葉公也殺白公勝此言裕誅翦宗室之有才望者羊當作芊而梁孝王亦有羊勝之事或故以二事相亂使人不覺也

山陽歸下國成名猶不勤魏降漢獻爲山陽公而卒弑之謚法不勤成名曰靈古之人主不善終者有靈若厲之號此政指零陵先廢而後弑也曰猶不勤哀愍之詞也

卜生善斯牧安樂不爲君魏文侯斯事卜子夏此借之以言魏文帝也安樂公劉禪也丕既篡漢則安樂不得爲君矣平王從韓子蒼本舊作生去舊京峽中納遺薰雙陵一作陽甫云育三趾顯奇文裕廢帝而遷之秣陵所謂去舊京也峽中未詳雙陵當是言安恭二帝陵三趾似謂鼎移於人四句難盡通

王子愛清吹日中翔河汾朱公練九齒閑居離世紛王子晉好吹笙此託言晉也朱公者陶也意古別有

朱公修練之事此特託言陶耳晉運既去故陶閑居以避世明言其志也峩峩西嶺一作四顔内偃息常所親天容自永固彭殤非等倫西嶺當指恭帝所藏帝年三十六而弑此但言其藏之固而壽夭置不必論無可奈何之辭也夫淵明之歸田本以避易代之事而未嘗正言之至此則主弑國亡其痛疾深矣雖不敢言而亦不可不言故若是乎辭之瘦也嗚呼悲夫

責子一首

舒儼宣俟雍份端佚通佟凡五人舒宣雍

端通皆小名俟一作俣佟一作俗

白髮被兩鬢肌膚不復實雖有五男兒總不好紙筆阿舒已二八一作十六懶惰一作放故無匹阿宣行志學而不愛文術雍端年十三不識六與七通子垂九一作六齡但覓梨與栗天運苟如此且進杯中物

有會而作一首并序

舊穀既没新穀未登頗爲老農而值年災日月尚悠爲患未已登歲之功既不可希朝夕所資煙火裁通旬日已來始一作日念飢乏歲云夕矣慨然永懷今我不述後生何聞哉

弱年逢家乏老至更長飢菽麥實所羡

孰敢慕甘肥惄如亞九飯當暑厭寒衣歲月將欲暮如何辛苦(一作足新)悲常善粥者心深恨(一作念)蒙袂非嗟來何足吝徒没空自遺斯濫豈彼(一作攸)志固窮夙所歸餒也已矣夫在昔余多師

蜡日一首

風雪送餘運無妨時已和梅柳夾門植

一條有佳花（一作葩）我唱爾言得酒中適

何多未能（一作知）明多少章山有奇歌

四時一首（此顧凱之神情詩類又有全篇然顧詩首尾不類獨此警絕○劉斯立云當是凱之用此足成全篇篇中唯此警絕居然可知或雖顧作淵明摘出四句可謂善擇）

春水滿四澤夏雲多奇峯秋月揚明暉

冬嶺秀孤（一作寒）松（春水夏雲秋月盈天地之間而冬秀者孤

松而已詩中畫數以孤松爲言

陶靖節先生詩卷第三

陶靖節先生詩卷第四

擬古九首

榮榮牕下蘭　密密堂前柳　初與君别時
不謂行當久　出門萬里客　中道逢嘉友
未言心相醉　不在接杯酒　蘭枯柳亦衰
遂令此言負　多謝諸少年　相知不忠厚
意氣傾人命　離隔復何有

辭家夙嚴駕當往志無終問君今何行

非商復非戎聞有田子泰田疇字子泰北平無終人

節義爲士雄斯人久已死鄉里習其風

生有高世名既沒傳無窮不學狂馳子

直在百年中

仲春遘時雨始雷發東隅衆蟄各潛駭

草木從橫舒翩翩新來燕雙雙入我廬

先巢故尚在相將還舊居自從分别來
門庭日荒蕪我心固匪石君情定何如
迢迢百尺樓分明望四荒暮作歸雲宅
朝爲飛鳥堂山河滿目中平原獨茫茫
古時功名士慷慨爭此場一旦百歲後
相與還北邙松栢爲人代高墳互低昂
頹基無遺主遊魂在何方榮華誠足貴

亦復可憐傷
東方有一士國語東方之士孰愈新序東方有士曰袁旌目被
服常不宇三旬九遇食說苑子思三旬九食十年
著一冠辛勤一作苦無此比常有好容顏
我欲觀其人晨去越河關青松夾路生
白雲宿簷端知我故來意取琴爲我彈
上絃驚別鶴下絃操孤鸞願留就君住

從今至歲寒

蒼蒼谷中樹，冬夏常如茲。年年見霜雪，
誰謂不知時。厭聞世上語，結友到臨淄。
稷下多談士，指彼決吾疑。裝束既有日，
已與家人辭。行行停出門，還坐更自思。
不怨道里長，但畏人我欺。萬一不合意，
永爲世笑之。伊懷難具道，爲君作此詩。

前四句興而比以言吾有定見而不
爲談者所眩似謂白蓮社中人也

日暮天無雲春風扇微和佳人美清夜
達曙酣且歌歌竟長歎息持此感人多
皎皎雲閒月灼灼葉中華豈無一時好
不久當如何

少時壯且厲撫劍獨行游誰言行游近
張掖至幽州飢食首陽薇渴飲易水流

首陽易水亦寓憤世之意不見相知人惟見古時丘路邊兩高墳伯牙與莊周此士難再得吾行欲何求說苑鍾子期死而伯牙絶絃破琴知世莫可爲鼓也惠施卒而莊子深瞑不言見世莫可語也○伯牙之琴莊周之言惟鍾惠能聽今有能聽之人而無可聽之言此淵明所以罷遠遊也

種桑長江邊三年望當採枝條始欲茂忽值山河改柯葉自摧折根株浮滄海

春蠶既無食寒衣欲誰待本不植高原今日復何悔桑成忘樹而時代遷革不復可驟然生斯時矣奚所歸悔耶

雜詩十二首

人生無根蔕飄如陌上塵分散逐風轉此已非常身落地爲兄弟何必骨肉親得歡當作樂斗酒聚比鄰盛年不重來

一日難再晨及時當勉勵歲月不待人

白日淪西河素月出東嶺遥遥萬里輝

蕩蕩空中景風來入房户夜中枕席冷

氣變悟時易不眠知夕永欲言無予和

揮杯勸孤影日月擲人去有志不獲騁

念此懷悲悽終曉不能静

榮華難久居盛衰不可量昔爲三春蕖

今作秋蓮房嚴霜結野草枯悴未遠矣
日月有環周我去不再陽眷眷往昔時
憶此斷人腸此篇亦感興之意
丈夫志四海我願不知老親戚共一處
子孫還相保觴絃肆朝日罇中酒不燥
緩帶盡歡娛起晚眠常早孰若當世士
冰炭滿懷抱百年歸丘壟用此空名道

憶我少壯時無樂自欣豫猛志逸四海
騫翮思遠翥荏苒歲月頹此心稍已去
值歡無復娛每每多憂慮氣力漸衰損
轉覺日不如壑舟無須臾引我不得住
前塗當幾許未知止泊處古人惜寸陰
念此使人懼太白詩云百歲落半塗前期浩漫漫中宵不成寐天明起長歎人生學無歸宿者例有此歎必聞道而後免此此淵明所以惜寸陰

也歟

昔聞長者一作老言掩耳每不喜柰何五十年忽已親此事求我盛年歡一毫無復意去去轉欲速此生豈再值傾家時作樂竟此歲月駛有子不留金何用身後置

日月不肯遲四時相催迫寒風拂枯條

落葉掩長陌弱質與運頹玄鬢早已白
素標插人頭前塗漸就窄家爲逆旅舍
我如當去客去去欲何之南山有舊宅
代耕本非望所業在田桑躬親未曾替
寒餒常糟糠豈期過滿腹但願一作就飽
粳糧御冬足大布麤絺以應陽正爾不
能得哀哉亦可傷人皆盡獲宜拙生失

其方理也可柰何且爲陶一觴
遥遥從覊役一心處兩端掩淚汎東逝
順流追時遷日没星與昴勢翳西山巔
蕭條隔天涯惆悵念常飡慷慨思南歸
路遐無由緣關梁難虧替絶音寄斯篇
閑居執蕩志時駛不可稽驅役無停息
軒裳逝東崖沉陰擬薰麝寒氣激我懷

歲月有常御我來淹已彌慷慨憶綢繆此情久已離荏苒經十載暫爲人所羇庭宇翳餘木倏忽日月虧
我行未云遠回顧慘風涼春燕應節起高飛拂塵梁邊鴈悲無所代謝歸北鄉離鵾鳴清池涉暑經秋霜愁人難爲辭遥遥春夜長

詠貧士七首

萬族各有託孤雲獨無依曖曖空中滅
何時見餘暉朝霞開宿霧衆鳥相與飛
遲遲出林翮未夕復來歸量力守故轍
豈不寒與飢知音苟不存已矣何所悲

孤雲倦翮以興舉世皆依乘風雲而已
獨無攀緣飛翻之志寧忍飢寒以守志
節縱無知此意者亦不足悲也

淒厲歲云暮擁褐曝前軒南園無嘉秀
枯條盈北園傾壺絕餘瀝闚竈不見煙
詩書塞座外日昃不遑研閑居非陳戹
竊有慍見言何以慰吾懷賴古多此賢
榮叟老帶索欣然方彈琴原生納決屨
清歌暢商音重華去我久貧士世相尋
弊襟不掩肘藜羹常乏斟豈忘襲輕裘

苟得非所欽賜也徒能辯乃不見吾心
安貧守賤者自古有黔婁好爵吾不縈
厚饋吾不酬一旦壽命盡弊服仍不周
豈不知其極非道故無憂從來將千載
未復見斯儔朝與仁義生夕死復何求
袁安困積雪邈然不可干阮公見錢入
即日棄其官芻藁有常溫採莒足朝飡

豈不實辛苦所懼非飢寒貧富常交戰道勝無戚顔至德冠邦閭清節映西關仲蔚愛窮居遶宅生蒿蓬翳然絶交游賦詩頗能工舉世無知者止有一（一作正）劉龔此士胡獨然寔由罕所同介焉安其業所樂非窮通（莊子古之得道者窮亦樂通亦樂所樂非窮通也）人事固以拙聊得長相從

昔在一作有黃子廉黃蓋傳云南陽太守黃子廉之後也彊冠佐名州一朝辭吏歸清貧略難儔年飢慼仁妻泣涕向我流丈夫雖有志固爲兒女憂惠孫一晤歎賻贈竟莫酬誰云固窮難邈哉此前脩

詠二踈一首二踈取其歸三良與主同死荊卿爲主報仇皆託古以自見云

大象轉四時功成者自去蔡澤云四時之序功成者去借問衰唐作周來幾人得其趣游目漢廷中二疎復此舉高嘯返舊居長揖儲君傅餞送傾皇朝華軒盈道路離別情所悲餘榮何足顧事勝感行人賢哉豈常譽厭厭閭里歡所營非近務促席延故老揮觴道平素問金終寄心清言

曉未悟放意樂餘年遑恤身後慮誰云
其人亡父而道彌著

詠三良一首

彈冠乘通津但懼時我遺服勤盡歲月
常恐功愈微忠一作中情謬獲露遂爲君
所私出則陪文輿入必侍丹帷箴規嚮
已從計議初無虧一朝長逝後願言同

此歸厚恩固一作心難忘君一作顧命安可
違臨穴罔惟一作遲疑投義志攸希荊棘
籠高墳黄鳥聲正悲良人不可贖泫然
沾我衣

詠荊軻一首

燕丹善養士志在報强嬴招集百夫良
歲暮得荊卿君一作之子死知己提劍出

燕京素驥鳴廣陌慷慨送我行雄髮指危冠猛氣衝長纓飲餞易水上四座列羣英漸離擊悲筑宋意唱高聲淮南子高漸離宋意為擊筑而歌於易水之上蕭蕭哀風逝一作起淡淡寒波生商音更流涕羽奏壯士驚心知去不歸且有後世名登車何時顧飛蓋入秦庭凌厲越萬里逶迤過千城圖窮

事自至豪主正怔營惜哉劍術疎魯句踐聞荆軻之刺秦王曰惜哉其不講於刺劒之術也奇功遂不成其人雖已没千載有餘情

讀山海經十三首

孟夏草木長遶屋樹扶疎扶踈本太玄衆鳥欣有託吾亦愛吾廬既耕亦已種時還讀我書窮巷隔深轍頗迴故人車歡然

酌春酒摘我園中蔬微雨從東來好風與之俱汎覽周王傳流觀山海圖俯一作俛仰終宇宙不樂復何如

玉堂一作臺凌霞秀王母怡妙顏天地共俱生不知幾何年靈化無窮已館宇非一山高酣發新謠寧效俗中言山海經云玉山王母所居又云崑崙之丘郭璞注云王母亦自有離宮别館不專住一山也

○穆天子傳西王母宴穆王於瑤池之上王母為天子謠曰云云

迢遞槐江嶺是謂玄圃丘西南望崑墟光氣難與儔亭亭明玕照落落清瑤流恨不及周穆託乘一來游

槐江之山其上多琅玕實惟帝之平圃即玄圃也南望崑崙其光熊熊其氣魂魂爰有滛音遙流其清洛洛○穆天子傳天子銘跡於玄圃之上

丹木生何許迺在密山陽黃花復朱實

食之壽命長白玉凝素液瑾瑜發奇光豈伊君子寶見重我軒黃（一作皇○峚音密山上多丹木黃華而赤實食之不飢丹水出焉其中多白玉是有玉膏黃帝是食是饗瑾瑜之玉爲良濁澤有而光君子服之以禦不祥）

翩翩三青鳥毛色奇（一作甚）可憐朝爲王母使暮歸三危山我欲因此鳥具向王母言在世無所須（一作願）惟酒與長年（三青

鳥主爲西王母取食又曰三危之山三青鳥居之

逍遥蕪阜上杳然望扶木洪柯百萬尋森散霞晹谷靈人侍丹池朝朝爲日浴神景一登天何幽不見燭大荒之中有山上有扶木柱三百里有谷曰湯谷上有扶木注云扶桑在上

粲粲三珠樹寄生赤水陰亭亭凌風桂八榦共成林靈鳳撫雲舞神鸞調玉音

雖非世上寶爰得王母心三珠樹生赤水上其樹如栢葉皆爲珠○桂林八樹在番隅東八樹而成林言其大也○臷民之國爰有歌舞之鳥鸞鳥自歌鳳鳥自舞

自古皆有沒何人得靈長不死復不老

萬歲如平常赤泉給我飲員丘足我糧

方與三辰游壽考豈渠央

夸父誕宏志乃與日競走俱至虞淵下

似若無勝負神力既殊妙傾河焉足有餘迹寄鄧林功竟在身後夸父不量力欲追日景逮之於禺谷渴欲得飲飲於河渭河渭不足北飲大澤未至道渴而死棄其杖化爲鄧林汪夸父者神人之名也其能及日景而傾河渭豈以走飲哉

精衛銜微木將以塡滄海形天舞干戚猛志故常在同物既無慮化去不復一作悔徒設一作役在昔心良晨詎可待精衛

炎帝之少女名曰女娃游于東海溺而
不返故爲精衛常銜西山之木石以堙
于東海○奇肱之國形天與帝至此爭
神帝斷其首葬之常羊之山乃以乳爲
目以臍爲口
操干戚以舞
巨猾肆威暴欽䲹違帝旨窫窳强能變
祖江遂獨死明明上天鑒爲惡不可復
長枯固已劇鵕鶚豈足恃鍾山神其子
曰鼓是與欽
䲹殺祖江于崑崙之陽帝乃戮之欽
䲹化爲大鶚鼓亦化爲鵕鳥見即其邑

大旱○窫窳（音軋愈）龍首居弱水中注云本蛇身人面爲貳負臣所殺復化而成此物

鵃鵝（當作鴟鴸）見城邑其國有放士念彼（一作昔）懷王世當時數來止青丘有奇鳥自言獨見爾本爲迷者生不以喻君子（柜山）

有鳥其狀如鴟其名曰鴸（音株）見則其縣多放士注放逐也青丘之山有鳥狀如鳩

巖巖顯朝市帝者愼用才何以廢共鯀
重華爲之來仲父獻誠言姜公乃見猜
管仲請去三豎事臨没告飢渴當復何及哉

擬挽歌辭三首

有生必有死早終非命促昨暮同爲人
今旦在一作作鬼録䰟氣一作魄散何之枯
形寄空木嬌兒索父啼良友撫我哭得

失不復知是非安能覺千秋萬歲後誰
知榮與辱但恨在世時飲酒不得足
在昔無酒飲今但一作旦湛空觴春醪生
浮蟻何時更一作復能嘗肴案盈我前親
舊哭我傍欲語口無音欲視眼無光昔
在高堂寢今宿荒草鄉一本有荒草無人眠極視正茫茫二句極又作直一朝出門去歸來良未央

荒草何茫茫白楊亦蕭蕭嚴霜九月中
送我出一作來遠郊四面無人居高墳正
嶕嶢馬爲仰天鳴風爲自蕭條幽室一
已閉千年不復朝千年不復朝賢達無
柰何向來相送人各自還其家親戚或
餘悲他人亦已歌死去何所道託體同
山阿

桃花源記并詩

晉太元中武陵人捕魚爲業緣溪行忘路之遠近忽逢桃花林夾岸數百步中無雜樹芳草鮮美落英繽紛漁人甚異之復前行欲窮其林林盡水源便得一山山有小口髣髴若有光便捨船從口入初極狹纔通人復行數十步豁然開

朗土地平曠屋舍儼然有良田美池桑
竹之屬阡陌交通雞犬相聞其中往來
種作男女衣着悉如外人黃髮垂髫並
怡然自樂見漁人乃大驚問所從來具
荅之便要還家設酒殺雞作食村中聞
有此人咸來問訊自云先世避秦時亂
率妻子邑人來此絕境不復出焉遂與

外人間隔問今是何世乃不知有漢無論魏晉此人一一爲具言所聞皆歎惋餘人各復延至其家皆出酒食停數日辭去此中人語云不足爲外人道也既出得其船便指一作於向路處處誌之及郡下詣太守說如此太守即遣人隨其往尋向所誌遂迷不復得路南陽劉子

驥高尚士也聞之欣然規往（一本有游焉二字）
未果尋病終後遂無問津者
嬴氏亂天紀賢者避其世黄綺之商山
伊人亦云逝往迹浸復湮來逕遂蕪廢
相命肆農耕日入從所憩桑竹垂餘蔭
菽稷隨時藝春蠶收長（一作良）絲秋熟靡
王稅荒路曖交通雞犬互鳴吠俎豆猶

古法衣裳無新製童孺縱行歌班白歡
游詣草榮識節和木衰知風厲雖無紀
曆誌四時自成歲怡然有餘樂于何勞
智慧奇蹤隱五百一朝敞神界淳薄既
異源旋復還幽蔽（一作閉）借問游方士焉
測塵囂外願言躡輕風高舉尋吾契

陶靖節先生詩卷第四

歸去來兮辭 并序

余家貧耕植不足以自給幼稚盈室缾無儲粟生生所資未見其術親故多勸余爲長吏脫然有懷求之靡途會有四方之事諸侯以惠愛爲德家叔以余貧苦遂見用爲小邑于時風波未靜心憚遠役彭澤去家百里公田之利（一作秫）足

以爲酒故便求之及少日眷然有歸歟
之情何則質性自然非矯勵所得飢凍
雖切違己交病嘗（一作曾）從人事皆口腹
自役於是悵然慷慨深愧平生之志猶
望一稔當斂裳宵逝尋程氏妹喪于武
昌情在駿奔自免去職仲秋至冬在官
八十餘日因事順心命篇曰歸去來兮

乙巳歲十一月也

歸去來兮田園將蕪胡不歸既自以心爲形役奚惆悵而獨悲悟已往之不諫知來者之可追寔迷途其未遠覺今是而昨非舟遥遥以輕颺風飄飄而吹衣問征夫以前路恨晨光之熹微乃瞻衡宇載欣載奔僮僕歡迎稚子候門三逕

就荒松菊猶存攜幼入室有酒盈鐏引
壺觴以自酌眄庭柯以怡顏倚南牕以
寄傲審容膝之易安園日涉以成趣門
雖設而常關策扶老以流憩時矯首而
遐觀雲無心而出岫鳥倦飛而知還景
翳翳以將入撫孤松而盤桓歸去來兮
請息交以絶游世與我而相違復駕言

兮焉求悅親戚之情話樂琴書以消憂

農人告余以春及將有事於西疇或命

巾車或櫂孤舟既窈窕以尋壑亦崎嶇

而經丘木欣欣以向榮泉消消而始流

善萬物之得時感吾生之行休已矣乎

寓形宇內復幾時曷不委心任去留胡

爲乎遑遑兮一無兮字欲何之富貴非吾願

帝鄉不可期懷良辰以孤往或植杖而耘耔登東皋以舒嘯臨清流而賦詩聊乘化以歸盡樂夫天命復奚疑

雜詩 東坡和陶無此篇

嫋嫋松摽崖一作雀婉孌柔童子年始三五鬪喬柯何可倚一作柯條何滓滓養色含津氣粲然有心理喬柯何可倚又作華柯眞可寄

聯句

鳴鴈乘風飛去去當何極念彼窮居士如何不歎息淵明雖欲騰九萬扶摇竟何

一作無力遠招王子喬雲駕庶可飭惜之顧

侶正徘徊離離翔天側霜露豈不切務

從忌愛翼循之高柯擢條榦遠眺同天色

思絶慶未看徒使生迷惑

歸園田居此江淹擬作見文選其音節文貌絶似至

但願桑麻成蠶月得紡績則與陶公語判然矣

種苗在東皋苗生滿阡陌雖有荷鋤倦

濁酒聊自適。日暮巾柴車，路暗光已夕。歸人望煙火，稚子候簷隙。問君亦何爲，百年會有役。但願桑麻成，蠶月得紡績。素心正如此，開徑（一作卷）望三益。

問來使（此蓋晚唐人因太白感秋詩而僞爲之）

爾從山中來，早晚發天目。我屋南窗下，今生幾叢菊。薔薇葉已抽，秋蘭氣當馥。

歸去來山中山中酒應熟

項禹揆字子毗雪水學生明季遇難見明詩綜

補註

停雲第一卷

欽翮閑止嵇叔夜琴賦非淵靜者不能與之閑止

命子

亦已焉哉鄭康成為書戒子末云若忽忘不識亦已焉哉

九日閑居第二卷

日月依辰至舉俗愛其名魏文帝[illegible]九為陽數[illegible]

日月並應俗嘉其名以爲宜於長久

贈羊長史

紫芝誰復採深谷久應蕪 紫芝歌莫莫高山深谷逶迤曄曄紫芝可以療飢唐虞世遠吾將安歸駟馬高蓋其憂甚大富貴之畏人兮不如貧賤之肆志

述酒 第三卷

南嶽無餘雲 晉元帝即位詔曰遂登壇南嶽受終文祖

日中翔河汾河汾亦晉地

歸去來兮辭第四卷

臨清流而賦詩叔夜琴賦臨清流賦新詩

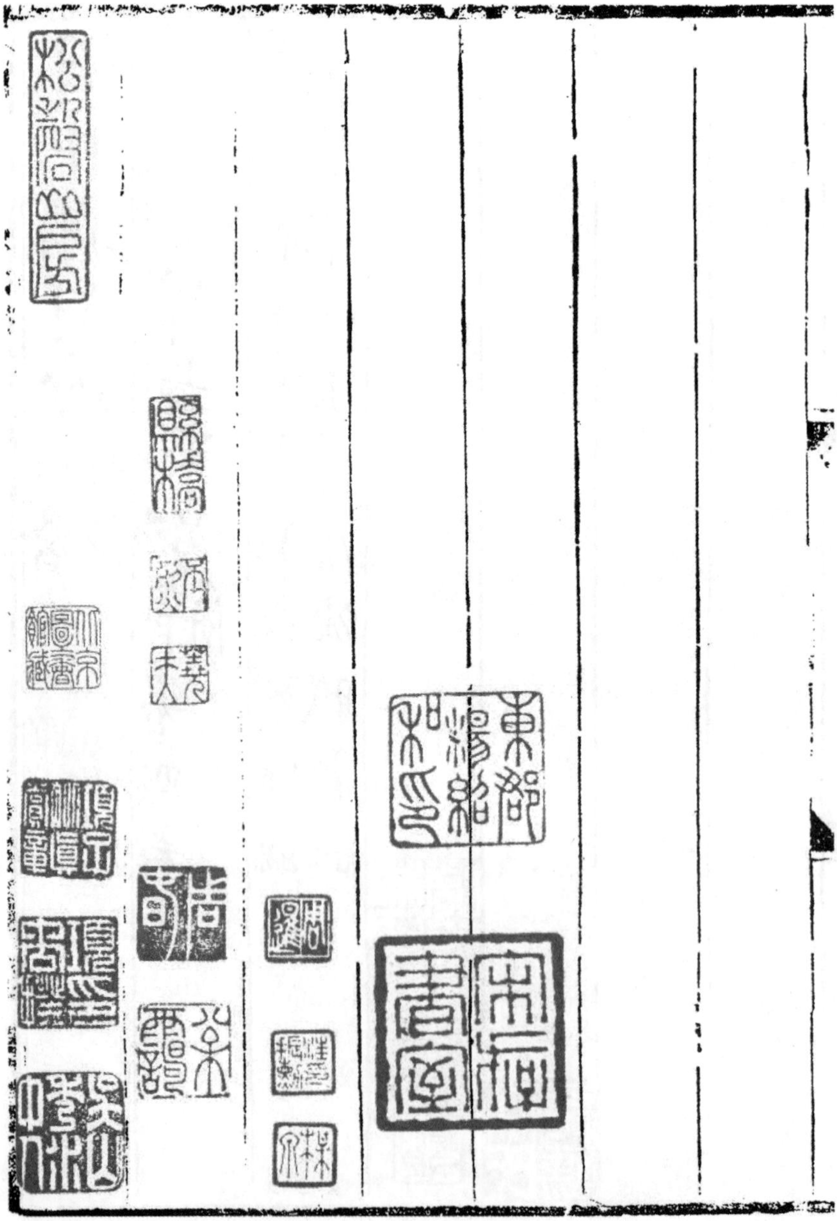

辛丑四月晦日武林鮑以文自蘇州回櫂同新倉吳葵里過
松靄先生著書齋是夜以文痁疾作不能飲燈下譚及
陶淵明詩一本序末標
於
湯漢不知湯漢何許人也 先生便拍案稱好書且告以
宋史有傳文獻通考著錄以文爽然若失隨叩陶集攜
行篋否則答云已送海鹽張芑堂矣重午日 先生即從
芑堂借觀芑堂見書雖破碎而裝面用金粟箋心疑其
為秘冊索還甚急賴張佩兼調停互易初以書畫銅瓷

端硯俱不可苞堂適需古墨　先生曰出葉元卿梦筆生花
大圓墨易之墨重一觔值白金如數至癸夘五月閱兩年而議
始定此書迺為　先生所有盖其得之之難如此以文多方購
覓丙午始得一抄本苞堂慫恿葵里重行開雕共懺悔覯
面失宋刻公案則此書之流通未始非　先生功德也余交
先生久知得書始末冣詳茲備述之以見　先生嗜書之篤
賞鑑之精而吴鮑張三君子之好事亦流俗中所罕覯云
丁未冬日輝山顧自修記

湯伯紀註陶詩宋刻真本在海寧周松
靄家相傳與宋刻禮書並儲一室顏之曰
禮陶齋其書之得近於巧取豪奪故秘
不示人并云欲以殉葬余素聞其說于
吳興賈人久懸懸於心中矣去歲夏秋之
交喧傳書賈某得此書欲求售于吳
門久而未至後嘉禾友人札致詢余有此
書許四十金未果已為峽石人家得
去聞此言甚快快然已無可如何矣

余得此書後
適來得此書
之賈人曰吳東
白來告知余
得此書因別
以一舊刻本校
之陶集贈余
易之年家刻
書尚在言中
後歲周公先
去札書改款
世寶曰寶陶
齋今又屬去
改顏其室曰
夢陶齋
余聞此言

遂想置之今夏有吳子脩侯余往荅之出所藏書示余湯注陶詩在焉開卷展視其為宋本無疑詢所由來乃知峽石人即伊相識可商交易者遂倩人假歸議久始諧百金之直銀居太半文玩副之此余佞宋之心固結而不可解者後人視之毋乃訕笑乎嘉慶己巳中秋月復翁記

益歎周丈之好書嗜古之心而不能去矣并聞諸所估吳賈往購此書價數十番而去周初不知但與諸直周索卅二番云身如之乞有峽石不悔言吳賈即以數與之竟不能反其書又曰諸下數則余韻未聞詢諸吳賈問賈易歟寔之矣六月日見其收云云

陶陶室藏漢以印集第二本

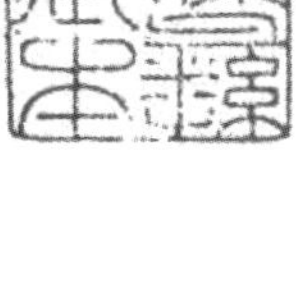